KB036699

엄마가
되었지만,

저도 ———
소중합니다

저도 소중합니다

되었지만,

엄마가

엄마 / 공감 / 에세이

200만 SNS 독자가 울고 웃은

글·그림
꽃개미

"안녕하세요! 꽃개미입니다."

SNS에 연재하던 손그림일기는 늘 이런 인사말로 시작하곤 했습니다. 지극히 평범한 이 인사말을 이제는 한 권의 책을 통해 건네게 되었네요.

지금 이 책을 손에 들고 제 글을 읽어주시는 여러분! 이 순간을 함께해주셔서 참 고맙습니다. 이럴 때 멋지게 저를 소개하고 싶지만 그럴만한 화려한 수식어가 딱히 떠오르질 않아 안타깝기만 합니다.

사람들은 저를 "아기 엄마", "김대리", 때론 "아줌마"라고 부릅니다. 지극히 평범한 호칭이죠. 따라서 제 이야기는 여러분, 또는 여러분의 가족이나 가까운 누군가의 이야기와 그리 다르지 않을 거예요.

솔직히 고백하자면 저는 육아를 그리 잘하는 엄마가 아닙니다. 그리고 잘하기 위해 더 노력할 생각도 없는 것 같습니다. 물론 처음부터 그랬던 건 아니에요.

아무런 준비도 없이 어느 날 갑자기 엄마가 되었는데, 아기가 태어나고 나니 한 번도 상상하지 못했던 일들이 눈앞에 펼쳐지더군요. 당황스러움의 연속이었어요.

침대에 누워 혼자 스르르 잠이 들고 모빌을 보면서 까르륵대며 노는 모습, 제가 상상했던 아기의 모습은 그랬습니다. 미드 속 아기처럼요. 하지만 그건 '드라마 속에서나 있을 법한 일'임을 깨닫는 데 그리 오래 걸리지 않았습니다. 현실은 너무 달랐죠.

그럼에도 아기는 너무 예뻤습니다. 분만실에서 그녀를 처음 본 순간 사랑에 빠지고 말았어요. 말로 표현할 수 없을 만큼 소중한 존재에게 '좋은 엄마'가 되고 싶다는 욕심이 생겼습니다.

난생처음 요리책을 사서 요리를 했고, 쪽잠을 자면서도 아기 옷을 삶았어요. 그런데 아무리 열심히 만들어도 음식은 정말 맛이 없고, 힘들게 삶은 옷은 다 줄어 있더군요. 그럴 때마다 아기에게 너무 미안했어요. 지독하게 서툰 엄마라서요.

'나는 왜 이렇게 못할까' 하는 생각에 스스로에게 화를 내기도 하고 자책하기도 했어요. 저는 항상 두려웠던 것 같아요. 제 아이에게 '좋은 엄마'가 되어주지 못할까 봐서요.

그렇게 수많은 시행착오와 내적 · 외적 갈등을 겪으며 저는 세상이 요구하는 '좋은 엄마'가 되기 위해 '내가 잘할 수 없는 것을 억지로 하며 자책하기'보다는 '내가 가장 잘하는 방법으로 아이와 재미있게 지내자'고 결심했습니다.

'나를 지키며 사는 것'이 '내 아이를 사랑하지 않는 것'이 아님을 깨닫게 되었거든요.

이 책에는 아이를 낳은 후 달라진 저의 일상과 생각들, '나다운 방식'으로 아이를 사랑하고 좋은 엄마가 되기 위해 고민한 흔적들이 고스란히 담겨 있습니다. (너무 솔직해 민망할 정도입니다!)

저는 앞으로도 저다운 모습으로 아이와 재미있게 지내려고 합니다. 내가 '나'인 동시에 '엄마'인 삶을 살아가려고 해요.

저처럼 어느 날 갑자기 엄마가 된 여러분! 혹시나 지금 외로운 순간을 보내고 있다면, 이 책이 여러분의 마음에 자그마한 위로를 드릴 수 있길 기원합니다.

4월의 어느 날, 흩날리는 벚꽃 아래에서

꽃개미 드림

프롤로그 4

1장
엄마가 되기 전엔 나도 몰랐어

나의 특별한 임신동기 · 14 │ 타인을 배려한다는 것은 · 19 │ 너를
구별하는 마법 같은 일 · 25 │ 쇼핑몰을 좋아하는 이유 · 30 │ 겨울
육아 그리고 봄이 오는 소리 · 33 │ 출산 전 vs 후 여행 컨셉 · 39 │
가장 중요한 여행 준비물은? · 43 │ 레알 아기와의 해외여행 · 48 │
이기적인 나, 어쩐지 너그러워진다 · 55 │ 남편이 미워지는 순간 · 60
│ 생리통과 맞바꾼 것들 · 66

2장
너 때문에 힘들지만
네가 있어 힘이 나

나의 오늘이 반짝반짝 빛나는 이유 · 74 | 진짜 아기 냄새란 무엇? · 79 | 엄마를 깨우는 특별한 방법 · 84 | 어떤 작은 토닥임 · 87 | 조금만 천천해 자라줄래? · 92 | 공포의 드르륵 소리 · 95 | 물티슈가 건네는 위로 · 99 | 지랄 총량의 법칙 · 105 | 엄마가 항상 먹는 밥은? · 109 | 순간이동이 필요해 · 113 | 너를 만난 후 매일이 크리스마스 · 117

3장
이렇게 조금씩
엄마 아빠가 되어가나 봐

〈멋쟁이 토마토〉의 슬픈 비밀 · 120 │ 어느 평일, 아빠의 문센데 이 · 126 │ 누가 누구의 껍딱지인지 · 130 │ 엄마들이 모두 단발머리인 이유 · 134 │ 어찌 됐든 기승전 종살이 · 139 │ 너만 행복하다면 나도 좋아! · 144 │ 마법의 한마디, "몇 개월이에요?" · 149 │ 우린 진정 콩깍지였을까? · 153 │ 엄마는 맘대로 아플 수도 없구나 · 157 │ 옷을 갈아입지 않으면 · 161 │ 줌마와 아재 사이 · 164 │ 착한 사람 눈에만 보이는 옷 · 168

4장
좋은 엄마에
정답이 있을까?

미안, 나도 엄마는 처음이라 · 174 │ 엄마 찌찌 굴욕사건 · 178 │ 어린이집 적응 기간, 내가 적응이 안 돼 · 181 │ 가장 재미있는 놀이 · 186 │ 오지랖은 사양할게요 · 191 │ 훈육, 심각한 거 아니면 천천히 · 195 │ 워킹맘의 시간 · 200 │ 엄마라는 이름의 '대역죄인' · 205 │ 엄마인 내가 나를 지키며 산다는 것 · 211 │ 요리는 못하지만 꽤 괜찮은 엄마 · 216

5장
엄마인 저도 소중합니다

엄마의 워라밸 · 224 │ 딱지가 좋아? 내가 좋아? · 230 │ 홍삼의 힘
으로 부탁해! · 234 │ 때론 둘만의 시간도 필요해 · 237 │ 육아에서
해방되는 시기는? · 242 │ 어머니, 저도 일하고 왔는걸요 · 247 │
가출할 마음은 아니었건만 · 252 │ 그날의 저녁밥 · 256 │ 고부 사
이에서 육아 동지로 · 262 │ 영원히 애인이고 싶은 나 · 266 │ 둘
째, 필수일까 선택일까 · 270 │ 완벽하지 않아도 괜찮아 · 276

에필로그 · 281

1장

엄마가
되기 전엔
나도 몰랐어

나의 특별한
임신동기

우리 아파트에는
두 종류의 입주민이 살고 있다.

관리비는
내고 사는
것이냐?

안 낸다옹~

사람 그리고 길냥이.

만삭이었던 작년 겨울,
출근하려고 집을 나서는데
어디선가 작은 소리가 들려왔다.

길냥이 부부가 새끼를 낳은 것!
같은 엄마의 마음에서일까?
발걸음을 멈추고 한참을 지켜보았었다.

15

어느덧 나도 아기를 낳았고,
딱지와 산책을 하는데
어느 날부터인가 엄마 고양이가 보이질 않았다.

냉장고에 있던 우유를 들고 나와서 건네자

한 녀석은 도망가고
남은 한 녀석은
맛있게 냠냠.

'엄마'가 되고 난 후

옆집 아기, 윗집 아기, 길 가다 눈 마주치는 아기…

모든 아기가 소중하게 느껴진다.

그래서일까?

평소 고양이에게 관심 없던 나였는데

아파트 분리수거장 뒤편에서 태어난

길고양이 새끼들이 너무 사랑스럽게 느껴졌다.

딱지와의 산책길에 매일 보던 고양이 가족.

그런데 웬일인지 어미 고양이가 며칠째 보이지 않는다.

새끼 고양이들이 왜 어미 없이 울고 있는 건지, 밥은 먹은 건지,

자꾸 마음이 쓰이는 건 '동기'에 대한 의리 때문일까?

어미 고양이가 하루빨리 새끼 고양이들 곁으로 돌아오길,

그리고 세상 모든 아기가 행복하길….

진심 어린 마음으로 바라게 되는 나였다.

타인을
배려한다는
것은

소박하지만
포근한 이곳,
우리의 첫 집!

우와앙!
둘만의
공간이라니!!

3년 전, 그러니까
우리가 처음 신혼집으로 이사 온 날이었다.

그날 밤 우리는 맥주파티를 하며
기쁨을 만끽하고 있었다.

맥주캔이 쌓여갈수록 흥겨움도 무르익었고
그렇게 밤늦게까지 신나게 놀았던 우리.

그리고 다음 날,
누군가 우리 집 초인종을 조심스레 눌렀다.

솔직히 말해 그땐
"아기가 있어서"라는 건
핑계라고 생각했다.

시간이 흘러 우리는 엄마 아빠가 되었고
매일 밤 딱지가 잠들고 난 후에야
우리에게도 쉼표가 생긴다.

그러던 어느 날, 겨우 잠든 딱지가
윗집의 쿵쿵대는 발소리,
음악소리에 깨고 말았다.

딱지를 다시 재우느라 그날 밤을
하얗게 지새워야만 했던 우리.

그때 문득 머릿속을
스쳐가는 생각이 있었으니….

．
：
．

오래전 그날,

아랫집 그녀가 어떤 마음으로 우리 집 초인종을 눌렀는지

또 왜 그리도 초췌한 얼굴을 하고 있었는지는

내 관심 밖의 일이었다.

그녀가 어렵게 꺼낸 "신생아가 있어서요"라는 이 한마디는

내가 아니 우리가 엄마 아빠가 된 후에야

완벽히 이해할 수 있었던 말이었다.

타인을 배려한다는 것은 어쩌면

나의 작은 행동으로 인해 누군가가 불편해질 수도 있음을 생각해보는

아주 사소한 마음에서 시작하는 게 아닐까?

좋은 엄마 이전에

다른 사람을 배려하는 사람이 되어야 한다는 것,

엄마가 된 후 가장 먼저 얻은 깨달음이다.

동물 다큐멘터리에서 새끼 양의 작은 소리에도
어미 양이 찾아오는 장면을 본 적이 있다.

조리원복 + 기모 풀바지 +
수면 양말 + 목에는 손수건 + 똥머리
= 조리원 패션 완성!!

조리원 시절,
나는 신생아실과 가까운 방에 배정되었다.

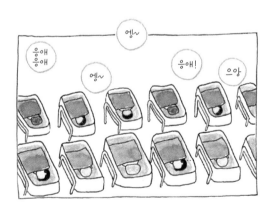

신생아들은 밤낮을 가리지 않고
시도 때도 없이 울어댔는데

참 신기하게도…

딱지의 울음소리는
가장 먼저 알아차렸다.

수많은 울음소리 중에서
내 새끼의 울음소리를 알아듣는다는 것.

이 얼마나 위대한 유대관계인가!

태어난 지 하루 된 새끼 양의 울음소리.

그리고 그 소리를 듣고 찾아온 어미 양.

어미와 새끼의 유대관계는 출산 직후부터

형성된다고 한다.

조리원 시절,

스무 명이 넘는 신생아들의 비슷비슷한 울음소리 가운데

신기하게도 딱지의 울음소리는 한 번에 알아들을 수 있었다.

어쩌면 나는 엄마가 되는 순간

수많은 아기들 중에서

너를 구별하는 특별한 능력이라도 갖게 된 걸까?

쇼핑몰을 좋아하는 이유

주말이면 자연스레
발걸음이 향하는 곳,
바로 샤핑~몰!

외출 시 가장 걱정되는

응가 테러에도

여유로운 뒤처리가 가능하고

배가 고플 땐

이유식용 전자레인지와

수유실까지 완비되어 있으니

딱히 뭘 사지 않아도
일주일에 한 번 코에 바람 넣을 수 있는
파라다이스 되시겠다.

어마어마한 숫자의
아군이 존재한다는 사실!
다음 주말에 또 가야지~ :D

겨울 육아
그리고
봄이 오는 소리

딱지를 1년간 키워보니
사계절의 육아를 경험할 수 있었는데,

그중에 '겨울 육아'가
가장 힘들었던 것 같다.

톡하면 미세먼지로
외출은커녕 환기도 못 시키고

미세먼지가 사라지면 한파가 몰아쳐
집안에 갇힌 신세가 되었다.

너무 심심해서 친구네 놀러가려고 해도

이런저런 사정으로 결론은 집콕.

너무 춥고 심심했던,
그래서인지 더욱 힘들게만 느껴졌던 '겨울 육아'.

그리고 어느덧 긴 겨울이 가고
봄이 오는 소리가 들려온다.

이제 원 없이
나가서 놀아야지~!

．
。
●

이른 아침부터 내리는 빗소리가 반갑게 느껴지는 이유는
힘들었던 겨울 육아가 곧 끝난다는 신호이기 때문일 거다.

겨울 육아로 말할 것 같으면…
문화센터도 못 가, 산책도 못 가, 놀러도 못 가,
딱지와 할 수 있는 활동이 너무 없었다.
그래서 집순이인 나조차 딱지와 단둘이
집 안에서만 지낸다는 게 꽤나 힘들게 느껴졌다.

톡, 톡
흐린 하늘에 내리는 봄비.
너, 참 반가워!

꽃거미

20개월 된 딱지와의 해외여행은
'결정'이 아닌 '결심'이 필요한 일이었다.

남편과 단둘이 여행할 때는
평소 입어보지 못한 예쁜 드레스,
화장품, 마스크팩, 구두, 왕 뽕브라…
오로지 인증사진을 위한 것들로 채워진,
설레임 가득했던 캐리어.

꾹꾹

꾹꾹

┌─────────────────────────────┐
│   딱지와의 여행 준비물   │
│   │
│ 기저귀 1팩, 외출복, 내복, 담요, 빨대 컵, 세척 솔, 세제, │
│ 멸균우유, 주스, 간식(과자), 비상식량(햇반, 김),   │
│   치약, 칫솔, 상비약(체온계, 해열제),   │
│   손톱깎이, 쪽쪽이, 모자, 선크림, 선글라스,   │
│   보디샴푸, 수건, 신발, 장난감, 즐겨보는 책…   │
└─────────────────────────────┘

딱지와의 해외여행 준비,
그것은 마치 해외에서 살아남기 위한 준비 같았다.

짐 싸기만 했을 뿐인데… 해외여행 가면서
이렇게 두려웠던 적은 처음이야!

딱지와의 첫 여행을 준비해보니

자고로 여행 짐이란 아기를 낳기 전과 후가

완전히 달라지는 것이었다.

여행에서 살아남기 위해

전쟁 난민 구호물품 수준의 짐 싸기를 마치고 나자

문득 '이 여행을 가도 되는 것인가' 싶은 생각마저 든,

진정 '공포의 짐 싸기'였다.

'아, 아기 있는 집은 다들 이렇게 힘들게 여행 가는 거였구나.'

딱지와의 첫 여행은 이런 깨달음으로 시작되었다.

가장 중요한
여행 준비물은?

자기야,
이쪽이야!

그렇게 여행에서 살아남기 위한
만반의 준비를 하고 시작한
딱지와의 3박 4일 오사카 여행.

첫날의 미션은 비행기 타기와 숙소 찾아가기,
단 두 가지였는데…

공항 술래잡기

와중에
똥 싸고

입국 수속하는데
울어 재낌.
나도 울고 싶...ㅠㅠㅠㅠ

거지인 줄
ㅋㅋㅋ

뱅기에서
겨우 재운 후
쪼그리고 앉아
컵라면 먹기
ㅋㅋㅋㅋㅋㅋ

오사카
지하철에서
힘자랑...
하...

그것은 실로

대환장 파티 ㅋㅋㅋㅋ

ㅋㅋㅋㅋㅋㅋㅋㅋㅋ

ㅋㅋㅋㅋㅋㅋㅋㅋㅋ

정신없게 보낸 여행의 첫날,
잠자리에 들 무렵에야
나는 정말 중요한 것을 빠뜨렸음을 알게 되는데…

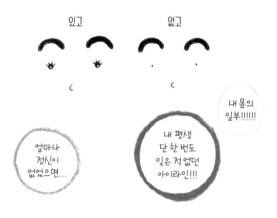

깜빡하고 아이라인을 안 그리고 온 것이었다!

딱지와의 첫 해외여행,
실로 어마어마했던 그 여행의 첫날.
아이라인을 안 그렸을 줄이야…

'3박 4일 동안 우리… 괜찮을까?'

레알
아기와의
해외여행

[첫째 날]
오사카성

[둘째 날]
도톤보리 시내 투어

[셋째 날]
나라 사슴공원

잡으러 다니고

똥 싸고

밥그릇
뒤집지 마~

우리의 여행은
그저 장소만 바뀌었을 뿐
육아의 연속이었다!

또 잡으러
다니고

딱지 잘 땐 우리도 지쳐서
아무런 생각이 없으므니다...

52

첫날 사놓고 마지막 날까지 못 먹은 맥주.jpg

그래도…

고통을
즐기는
타입인가…

이상하게
또 가고 싶네…

우리 가족 팀 빌딩.jpg

．
。
．

엄빠가 되기 전까지 우리 부부는
여행을 가면 매일 밤을 술로 마무리해야 직성이 풀리는 스타일이었다.
블라디보스토크 여행에선 새벽까지 클럽에서 놀다 술병이 나는 바람에
다음날 하루를 꼬박 호텔 침대에서 보냈을 정도로.

그랬던 우리가
첫날 편의점에서 산 맥주를 단 한 캔도 마시지 못하고
여행 마지막 날 그대로 발견했을 땐,
너무도 어이가 없어 서로를 마주 보며 그저 웃고 말았다.

해병대 극기훈련 수준으로 빡세서
맥주 한 캔 마실 힘도 없을 정도로 고단했던 딱지와의 첫 해외여행.
그런데도 행복했던 기억만 남은 걸 보면
여행의 행복이란 목적지에서 무얼 하는가보다는
누구와 함께 그 시간을 보냈는가에 달린 듯하다.

꼬깨
꼿미

평소와 다름없는 출근길.

지하철을 탔는데 노약자석에 대학생이 앉아 있었다.

초기 임산부 시절 노약자석에 앉아 있다가
여러 번 혼난 적이 있던 나…

세상에는 보이지 않는
각자의 사정도
존재한다는 것을.

직접 경험해 보지 않고서는 모든 일을 백 프로 이해할 수
없다는 것을 임산부 시절 많이 깨달았었다.

그래서일까.

나와 다른 사람, 이해할 수 없는 상황에도
어쩐지 너그러워진다.

그리고 그렇게 생각하면
내 마음도 더욱 편안해진다.

．
◦
●

싫은 건 죽어도 싫고

양보라고는 손끝만큼도 안 하던

이기적인 나였는데,

요즈음 내 마음의 방엔

아주 작게 햇살이 비치는 느낌이다.

예전에는 이해해보려고조차

하지 않았던 상황들을

조금씩 받아들이게 되는 나.

엄마가 되면서 겪은 크고 작은 경험들이

나를 철들게 하는 것 같다.

꽃개미

남편이
미워지는
순간

어제는 회식하고 온 남편이
코를 골면서 자고 있었다.
방 안을 가득 채우는 드르렁 사운드…

그 웅장한 사운드에 그만
딱지가 잠에서 깨고 말았다.
새벽 네 시에…

딱지가 아빠를 마구 깨워도
딥 슬립 중인 남편은 전혀 반응이 없고…

밤새 딱지랑 한바탕 놀고 나니
그다음 날은 정말이지
너무나 그지 꼴인 것…

내가 고생한 만큼 남편을
괴롭히고 싶었다…

의식의 흐름에 따라 더욱 격하게!!
괴롭히고 싶었다!!!

그날 남편은 귀에서 피가 나는 줄 알았다고 합니다. ㅋㅋ

새벽에 또 애 깨우기만 해봐라 …

"드르렁드르렁"

신혼 땐 남편의 코 고는 소리가
참 편안하고 익숙한 자장가처럼 들렸는데
지금은 그저 잠든 딱지를 깨우는
악마의 사운드일 뿐이다.

특히 어제는 딱지를 깨워놓고
자기는 아무 일 없다는 듯
곯아떨어진 남편이 너무나도 얄미웠던 나.

역시 남편을 괴롭히고 싶을 땐
아무 말 대잔치가 최고인 듯하다. :)

생리통과 맞바꾼 것들

나는 본디 생리통이 심한 1인으로
출산을 하면 생리통이 사라진다는 얘기에
매우 흥분했던 기억이 난다.

그리고 딱지를 낳은 후
실제로도 생리통이 거의 없어졌으니
참으로 신기한 일이다.

하지만 하늘은 생리통을 가져간 대신
내게 '배란통'을 선물해줬는데,
이 또한 고통스럽기는 마찬가지다.

게다가 무릎에서는 뚜두둑 소리가 나고,

계절이 바뀔 때마다
엉덩이가 시린 건
기분 탓일까?

며칠 전엔 바람이 상쾌해
창문을 활짝 열고 아침 공기를 마셨는데…

으악~ 앞니가 너무 시려서
깜짝 놀랐다.

생리통은
정말
없어졌어?

차라리
생리통이더
나은 것 같아...

힘내. 그래도
넌 사람을
만들었잖아.

고...
고마워...

．
．
．

매달 찾아오는 마법의 기간,

하루에 몇 알씩 입안에 털어 넣던 진통제도

나의 고통을 줄여주기엔 역부족이었다.

그런데 출산을 하고 나니 신기하게도 생리통이 거의 사라졌다.

약간 불편하긴 하지만 진통제 없이도 견딜 수 있을 정도로.

하지만 생리통과 맞바꾼 여러 옵션 때문에 마냥 좋아할 수만은 없다.

당장 생각나는 것만 대충 적어 보자면…

· 꼬리뼈 통증 (출산 후 약 8개월간 지속됨)
· 콕콕 쑤시는 배란통 (월 1~2회)
· 무릎과 발목에서 나는 뚜두둑 소리 (수시)
· 엉덩이 시림 (수시, 주로 비 오는 날)
· 이빨 시림 (겨울엔 웃을 수 없음)

어릴 때 동네 아주머니들이 입버릇처럼 말씀하시던

‘아픈 데 없이 아픈 상태’가 바로 이런 게 아닐까?

이제 와 고백하자면 아기를 낳고 너무나 변해버린 몸 상태 때문에

아주 잠시 동안 울적했던 적이 있었다.

유통기한이 지난 빵처럼 군데군데 곰팡이가 피어 있는 것 같았으니까.

아이를 낳고 나니 내 몸은 더 이상 반짝반짝 빛나는 보석이 아니었다.

시무룩해 있는 나를 보며 친구가 말했다.

"그런데 말이야. 네 몸으로 사.람.을.만.들.었.는.데

너무 멀쩡해도 좀 이상한 거 아닐까?"

아이를 낳고 잃은 게 너무 많은 것 같았는데

'사람을 만들었다'는 친구 말을 듣고 나니

내가 한 일이 대단하게 느껴져서

내 자신이 좀 멋져 보이기 시작했다. :D

2장

너 때문에
힘들지만
네가 있어 힘이 나

나의 오늘이
반짝반짝
빛나는 이유

나, 꽃개미.
서른세 살의 어느 날 갑자기 엄마가 됐다.

다시
만날 때까지
안녕...

엄마가 된 나는
내 품에 안긴 딱지 얼굴에 스크래치 날까 봐
귀걸이 목걸이 다 빼버리고.

고운 두 뺨에 묻을까
애정하던 립스틱도 치워버린 지 오래.

너도 당분간
안녕…

티셔츠는
모가지가
늘어나야
제맛이쥬~

딱지 피부에 닿는 것은 모두 순면 백 프로!
내 옷도 순면으로 바꾸었다.

어느 날 거울을 보는데 너무나 초췌한 여자가 딱!
내 모습에 나조차 흠칫 놀라고 말았다.

서서 대충 때우는 점심,
며칠 못 감은 머리,
목 늘어난 티셔츠에 초췌한 몰골…
이런 내 모습이 아무리 초라해도

너는 나를 보면 환하게 웃는구나!

초라한 나에게 보내는 딱지의 미소,
엄마인 나의 오늘이 그 어느 때보다도
반짝반짝 빛나는 이유다.

．
․
．

거울 속 내 모습에 깜짝 놀랄 때가 있다.
언제 감았는지 모를 기름진 머리,
목 늘어난 티셔츠,
군데군데 묻어 있는 딱지의 침 자국….

남편은 옷이 너무 지저분한 것 아니냐고 하는데
사실 그런 걸 챙길 여유가 아직 내겐 없다.

비록 예전처럼 나 자신을 아름답게 가꾸진 못하지만,
있는 그대로의 내 모습을 좋아해주고
환하게 웃어주는 딱지를 보면서 나의 오늘이야말로
그 어느 때보다 반짝반짝 빛나는 하루였다는 생각에
살포시 미소 짓게 된다.

"고마워 딱지야!"

우리가 연애하던 시절 남편은
항상 나에게서 아기 냄새가 난다고 했다.

하지만 아기 냄새의 정체는 다름 아닌
베이비파우더 향기가 나는 화이트 머스크 향수!!!

'아기 냄새 = 화이트 머스크 향'이라고 생각했던 나.
하지만 그것은 크나큰 착각이었다!

종일 누워만 있는 딱지에게서
발 냄새가 난다는 사실은 나를 충격에 빠뜨렸다.

그 꼬랑내는 딱지 목에서도 맡을 수 있었는데
외출이라도 하는 날이면 물티슈로 구석구석
딱지의 목을 닦아주는 일은 나의 중요한 일과가 되었다.

하지만 나를 가장 당황하게 한 건
다름 아닌 딱지의 정수리 냄새였으니.
어쩌면 이것이야말로 진정한
인간의 향기일지도….

자그마한 발가락 사이사이,

접힌 목 구석구석,

꼭 쥐고 있던 주먹을 펴면

손바닥에서 나는 큼큼한 냄새까지.

비록 기대했던 베이비파우더의

보송한 향기는 아니었지만,

하루 종일 킁킁거리며 아기 냄새를 맡는 일은

엄마인 나의 새로운 취미가 되었다.

"똥 냄새도 예쁘다"는 말,

이제는 뭔지 알 것 같다.

엄마를 깨우는 특별한 방법

매일 아침 조그마한 손으로
내 눈을 '콕 콕' 찌르고,

머리카락을 '쭈~욱' 잡아당기는 딱지.

잠시 후 내 콧구멍에
손가락을 '쑤~욱' 넣었다가

다시 입으로 '쏘~옥'!

그렇게 잠꾸러기 엄마는
매일 아침 코딱지를 먹으며 하루를 시작한다.
조금 더 자고 싶어서 자는 척하는
내 눈을 번쩍 뜨게 만드는
우리 딱지는 정말 천재인 것 같다!

#코딱지많이먹으면 #오래산다는게 #사실일까

어떤 작은
토닥임

요즘 딱지는 나의 사소한 행동들을
거울처럼 따라 하곤 한다.

가령 벗어놓은 양말을 다시 주워와
내 발에 신겨주려 하거나,

물티슈를 뽑아
주변을 쓱쓱 닦기도 한다.

오늘은 낮잠에서 깨어난
딱지를 안고 나오는데,

딱지가 나를 따라
내 등을 토닥이는 것이
아닌가!

그 작은 토닥임은
마치 엄마인 나를 위로하는 것처럼 느껴져

커다란 파도가 되어
내 마음속에 밀려들어왔다.

때론 이 작은 손이 나를 힘들게 하지만
그만큼 큰 위로와 기쁨을 주는구나!

13개월의 작은 생명체가

나의 행동을 모방하기 시작했다.

주로 사소한 행동들인데

오늘은 '톡톡' 내 등을 토닥여주는 바람에

감동받아 눈물까지 흘려버린 나다.

물론 아직은

의미를 알지 못하고 하는 행동이겠지만

딱지의 그 작은 토닥임이 마치

엄마인 나의 고된 일상을 위로해 주는 것만 같아서

다시금 힘내보기로 다짐했다.

'고마워, 딱지야!'

조금만
천천히
자라줄래?

요거 참
귀여웠는데...

갑작스레 쌀쌀해진 날씨에
작년에 입었던 딱지의 긴 팔 내복들을
다시 꺼내보았다.

작년엔 분명 팔길이도 길고
조금은 헐렁했던 내복이

이제는 팔다리가 짧아진 걸 보면서.
무럭무럭 잘 자라주었다는 사실에
참 고마웠던 오늘.

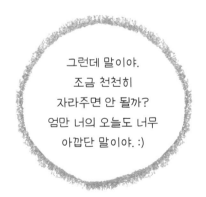

정말 별것 아닌 내복 하나에도
딱지의 지난 시간을 파노라마처럼 펼칠 수 있다는 것.
엄마인 나만이 느낄 수 있는 감동 포인트가 아닐까?

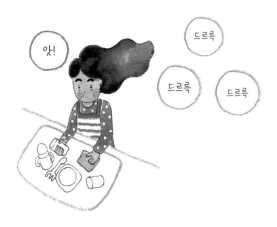

공포의
드르륵
소리

앗!

드르륵

드르륵

드르륵

잠시 딱지를 보행기에 앉혀놓고 집안일을 하다보면
멀리서부터 들려오는 공포의 소리.

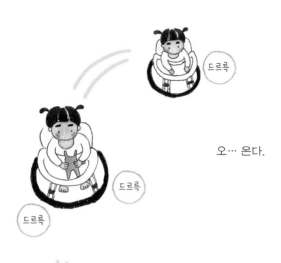

오… 온다.

그녀가…
드르륵 소리를 내며
내게로 온다.

그럴 때면 자동으로 올라가는 발뒤꿈치.
그거슨 수도 없이 보행기에 찍혀본
엄마의 발 보호 기술. :)

．
ﾟ
●

하루 종일 아이와 집에서 지내는 엄마에게

없어서는 안 될 육아템이 있으니…,

그것은 바로 보행기다.

잠시 집안일을 할 시간,

화장실에 갈 시간을 벌어주기 때문이다.

하지만 드르륵드르륵 바퀴 소리를 내며

보행기가 가까워져 올 때면

잔뜩 긴장해 나도 모르게 발뒤꿈치를 들게 된다.

오늘도 이런 내 모습을 발견하곤

그만 킥킥 웃어버리고 말았다.

'발뒤꿈치 조심! 또 조심!'

남편이 야근으로 늦는 날엔

씻기고

사발면

먹이고

...ZZZ

재우고 나면

하루 종일 쌓여 있던
설거지가 한가득.

번쩍
번쩍

부엌과 전쟁터가 된 거실을 정리하고 나서야

소파에 잠시 앉아 쉬어본다.

때로는
생각지도 못한 곳에서
받는 위로.

오늘 하루,
어쩌면 가장 듣고 싶었던 한마디.

．
：
．

남편이 늦는 날엔

육퇴를 해도 왠지 모르게 쓸쓸한 느낌이 들 때가 있다.

오늘은 바닥에 떨어진 물티슈의 뚜껑을 닫으려고

손을 뻗었다가 우연히 뚜껑 위에 적힌 문구를 보게 되었다.

"토닥토닥, 수고했어요. 엄마!"

독박육아로 힘들었던 오늘 하루,

물티슈에 적힌 이 한마디가

마치 내 마음을 알고 위로해주는 것 같아

울컥하는 마음에 코끝이 찡해지고 말았다.

'늦게 들어오는 남편보다 물티슈가 더 낫구먼!'

딱지가 좀 더 아기였을 때
이렇게 순한 아기는 없을 거라고 생각했다.

그땐 몰랐다!
이유식 시작과 동시에 순둥이 딱지가 돌변할 줄.

105

순둥이는 온데간데없고
이유식 거부로 매일매일 전쟁을 치르던 중

문득 내 머릿속을 스치는 것이 있었으니…
바로 '지랄 총량의 법칙'!

네이버 백과사전에 따르면,
이것은 사람이 평생 해야 할 '지랄'의 총량이
정해져 있다는 의미인데…

일찍 힘들게 하든
뒤늦게 힘들게 하든,
육아는 결코
만만한 것이 아님을
절실히 깨닫는 요즘이다.

평생 해야 할
'지랄'의 총량은 같다는 이 법칙을 떠올리면
지금의 힘든 순간들도 피식하며 웃어넘길 수 있게 된다.
그래도 순한 줄 알았는데 속은 듯한
이 찜찜한 기분은 어쩔 수가 없네….

엄마가
항상 먹는
밥은?

오늘은 웬일로 낮잠을 길게 자네.

궁극의
오므라이스!

날이면 날마다 오는 기회가 아니니
이런 날은 나도 제대로 먹어볼까?

식탁에 앉아 음식을 먹는 게 얼마 만인지…
왠지 두근거리는 오늘의 점심식사!

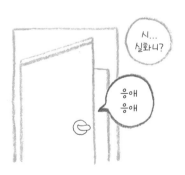

바로 그때,
허공을 가로지르는 너의 울음소리.

신기하게도 항상
내가 밥 먹기 직전에 잠에서 깨는 너,
일부러 그러는 건 아… 아니겠지?

결국 오늘도 서서 먹는
엄마의 눈칫밥!

식탁 의자에 앉아 식사를 해본 게 언제인지

기억도 잘 나지 않는 요즘.

오늘은 딱지가 낮잠을 길게 자길래

간만에 나를 위해 요리를 하고

분위기 잡으며 식탁 의자에 앉았다.

숟가락을 들고 한 입 넣으려는 순간 잠에서 깬 딱지.

타이밍 정말 기가 막힌다!

언제쯤이면 곱게 앉아서 밥을 먹을 수 있을지….

비록 서서 먹는 밥이지만

뭐 그래도 맛 좋~다!

딱지가 잠든 걸 확인하고
살금살금 침대를 빠져나오는 순간,

등 뒤에서
나지막이 들려오는
너의 목소리, "음마아~?"

딱지가 잠들고 나면
상상의 나래를 펼쳐본다.

꾹, 꾹

거실로 순간이동!

이런 장치 어디 없을까?
정말 누가 좀 만들어주면 좋겠다. :D

너를 만난 후
매일이
크리스마스

크리스마스 시즌이다.

매년 이맘때가 되면 크리스마스트리도 장식하고

이벤트도 준비하면서 특별하게 보내곤 했는데,

올해는 아기 때문에 트리도 선물도 준비하지 못했다.

크리스마스를 전혀 느낄 수 없는 휑한 거실을 보며

시무룩한 기분이 들었던 것도 잠시.

가만히 생각해보니 딱지와 함께하는 우리 세 식구의

일상이야말로 인생의 큰 이벤트, 황홀한 선물이 아닌가.

매일이 선물 같은 날, '매일 크리스마스'다!

3장

이렇게 조금씩
엄마 아빠가
되어가나 봐

〈멋쟁이 토마토〉의
슬픈 비밀

주말 오후
우리는 TV를 보며
여유를 만끽하고
있었다.

그때 갑자기 사운드북을
재생하기 시작한 딱지.

#나진지하다

그리고, 이 남자…

그날 이후 〈멋쟁이 토마토〉는
우리 집 금지곡이 되었다.

．
．
．

'부모'가 되고 나니 흔한 동요조차도

그 안에 담긴 의미를 생각하며 듣게 된다.

비록 잔인(?)하고 슬프다(?)는 이유로

우리 집에서는 금지곡이 된 <멋쟁이 토마토>이지만,

어쩌면 노랫말 속 토마토의 모습이야말로

아이를 위해 요리사도 되고,

우사인 볼트도 되고,

때론 댄서가 되어 춤을 추기도 하는

엄마 아빠들의 모습이 아닐까?

토마토야,

넌 진정 멋쟁이로구나!

어느 평일,
아빠의
문센데이

며칠 전 딱지 아빠가 휴가를 내고
문화센터 수업에 참석했다.

40분 수업이 끝난 후
한없이 피곤해 보이던 딱지 아빠.

"수업 내내 딱지를 잡으러 다니는 게
생각보다 힘들더라고."

"선생님이 나눠주는 교구를
재빠르게 닦아주는 것도 쉽지 않고."

"근데 무엇보다 가장 힘든 건
딱지가 수업하는 모습을 사진 찍는 일이었어!"

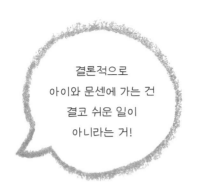

아무도 알아주지 않을 때 가장 외로운 육아.
남편의 따스한 한마디가 참 큰 힘이 된다.

누가 누구의
껌딱지인지

독박육아로 인한 피로와 스트레스가 쌓일 때쯤
친정엄마와 단둘이 여행을 갔다.

딱지 생각은 안 하기로 다짐하고 떠난 여행인데,
내내 유모차에만 시선이 가는 나.

밤하늘 둥근 달도 딱지 얼굴처럼 보이질 않나…

시간이 지날수록
그리움은 커져만 갔다.

결국 여행 내내 딱지 생각만 하다
끝나버린 나의 단독 휴가.

여행을 떠날 때보다 집으로 돌아오는 길이
더욱 설렜던 이유.
내가 엄마이기 때문이겠지….
이쯤 되니 누가 누구의 껌딱지인지
나도 잘 모르겠다!

엄마들이 모두
단발머리인 이유

머리 감기가 이리도 힘들 줄이야….

딱지와 놀 때도 자꾸만 걸리적거리고…

아기를 낳아도 절대로
긴 머리를 포기하지 않겠다고 다짐했건만,

결국 미용실에 가고 말았다.

비록 긴 머리에 비해 모양은 좀 빠지지만…

감고 말리는데 5분이면 OK!
하루 한 번 머리 감기가 가능하다!

아기 엄마들이 단발인 이유 이제야 알겠다.

．
ｏ
．

예전부터 나는 엄마가 돼도
절대로 머리를 자르지 않겠다는 생각을 종종 해왔었다.
왜 주변의 아기 엄마들은 죄다 단발인 건지.
무슨 일이 있어도 난 긴 머리를 예쁘게 유지한
미스 같은 엄마가 될 거라고,
그땐 그렇게 생각했었다.

하지만 독박육아의 현실 속에 긴 머리란
'미스'가 아닌 그저 '미친X 산발'일 뿐.
참다 못한 난 결국 그토록 지키고자 했던
긴 머리를 싹둑 자르고야 말았다.

거울 속의 내 모습이 조금 낯설긴 하지만
머리도 자주 감을 수 있고
딱지와 놀 때도 걸리적거리지 않고
좋은 점이 더 많은 양락이 머리, 매우 칭찬해!

어찌 됐든 기승전 종살이

제주도에 사는 친한 언니가
귤을 한 박스 보내주었다.

딱지와 함께 귤을 까먹는데 딱지는 속껍질까지
다 까줘야 해서 내 입에 들어갈 틈이 없었다.

이거 왠지 어디서
많이 본 것만 같은 장면…

아~

지는
껍질이더
맛나구먼유~

아씨와 몸종…

공주와 시녀…

귀족과 하녀…

뭐가 됐든 기승전 종살이!
상전을 모시는 삶!

다시 태어나면 꼭 네가 내 엄마 해라!

．
．
．

속껍질까지 남김없이

말끔히 까줘야 하는 우리 상전님.

손끝이 노래지도록 귤을 깠지만

정작 내 입에 들어간 건 거의 없었다.

내 옆에 앉아 빨리 달라고

입을 쩍쩍 벌리는 딱지의 귀여운 모습에 반해

어느 순간 무릎까지 꿇고

최선을 다해 껍질을 까고 있는 내 모습.

영락없는 종살이로구나! 훗.

너만
행복하다면
나도 좋아!

복직 후 딸지를 시부모님께 부탁드리게 되면서
우리 세 식구는 시댁에서 지내게 되었다.

시댁에서 살다 보니
일단 생리적 현상에서 자유롭지 않고.

집 안에만 있지만,
실내 복장과 기초화장에도
신경이 쓰이는 건 어쩔 수 없다.

게다가 평소에는 거의 하지 않던
집안일도 거들게 되면서

눈 뜨는 순간부터 잠들 때까지 결코
맘 편할 수 없는 시댁생활이지만,

할머니 할아버지의 사랑을 듬뿍 받으며
행복해하는 딱지의 모습을 보면, 마음이 따뜻해진다.

．
：
．

복직하면 딱지를 어디에 맡겨야 할지 고민하다가
시부모님의 도움을 받기로 하면서
시댁과 합가를 하게 되었다.

평소 시부모님께 안부전화 한 통 안 하던 왈가닥 며느리,
명절에 제대로 집안일 한번 도운 적 없는
게으른 며느리인 내가 시댁에 들어오다니!

가만히 있는 것도 눈치 보이고
옷차림 하나에도 신경 쓰이는 등 불편한 일투성이지만,
할머니 할아버지에게 사랑받는 딱지의 모습에
그 모든 것을 감수할 수 있게 된다.

엄마가 되기 전엔 상상할 수 없던 일들이
엄마라는 이유로 가능해지는 걸 느끼는 요즘이다.

마법의 한마디,
"몇 개월이에요?"

딱지가 감기에 걸려 진료를 받고
약을 사러 다녀왔는데

딱지 아빠와 딱지가
보이질 않는다!!!

엄마들을 이어주는
마법의 한마디!
아빠들도 똑같나 보다.

．
◦
●

오지라퍼인 나와는 달리

남편은 모르는 사람에게 말을 붙이는 스타일이 아니다.

그랬던 그가 잠시 내가 자리를 비운 사이

모르는 사람과 아기 이야기를 나누는 모습은

남편을 오랫동안 봐온 나를 꽤나 당황스럽게 만들었다.

헤어지고 나서도 한참 동안

"저 아기가 딱지랑 얼마 차이 안 나는 것 같아서

몇 개월이냐고 물어봤어.

18개월이라는데 그쯤 돼도 말은 잘 못하나 봐.

우리 딱지는 언제쯤 말할 수 있을까?"라며

쉴 새 없이 말하는 이 남자의 낯선 모습.

그리고 그 모습이 왠지 싫지 않은 나.

우리는 이렇게 조금씩

엄마 아빠가 되어가나 보다.

우리 진정
콩깍지
였을까?

딱지의 아기 시절 사진을 보면서
추억에 잠겨 있던 우리는

뭔가 잘못됐다는 걸 깨달았다!

우리가 기억하는 딱지는
분명 샤방스러움의 결정체였는데,

사진 속엔 웬 빵떡이가
있는 것이 아닌가?!

그때의 우리, 콩깍지가 씌었던 걸까?

콩깍지가 벗겨진 우리는
한동안 충격에서 헤어나오지 못했다.

．
．
．

딱지가 지금보다 더 어렸을 때,

너무너무 예뻤던 그때.

나와 남편은 우리 아이가 우월한 미모를 가졌다며

서로 자신을 닮았다고 우겨대곤 했었다.

그런데 최근 우연히 그때의 사진을 보게 된 후

우리 부부는 충격에 휩싸여 한동안 아무 말도 할 수 없었다.

분명 매일매일이 이렇게나 예쁜데

조금만 지나고 보면 왜 이리 못난이인 건지.

그러고 보면 우리 부부도 영락없는

도치 맘, 도치 파파인 듯하다.

"딱지야, 그런데 말야,

 넌 오늘도 참 예쁘구나!"

엄마는 맘대로 아플 수도 없구나

출산 후 8개월 무렵
면역력이 떨어졌는지 대상포진에 걸렸다.

그땐
내가 아픈 것보다

내가 아프면 딱지를
돌볼 수 없다는 사실이 더 두려웠다.

그 후론 감기 증상만 조금 있어도
호들갑을 떨며 병원에 쫓아가는 나.

내가 아프면
너를 지킬 수 없으니까.

아무리 바빠도 내 건강 챙기는 걸
소홀히 하지 말자!

．
：
．

딱지가 8개월쯤 되었을 무렵, 난생처음 대상포진에 걸렸다.

대상포진은 초기 치료가 중요하다는데,

이상함을 느끼면서도 병원에 갈 생각을 못 했으니

골든타임을 놓칠 수밖에.

대상포진이라는 병이 통증도 심하지만,

아기에게 전염될 수도 있다는 의사 선생님 말씀에

한창 배밀이 중인 딱지를 그저 먼발치에서 바라봐야만 했다.

안아줄 수 없는 나의 작은 천사.

그때 나를 쳐다보던 딱지의 눈빛은 마치

"엄마가 왜 나를 멀리하지?"라고 말하는 것처럼 슬프게 느껴졌다.

그때 알았다. 엄마는 절대로 아프면 안 된다는 걸.

아니, 맘대로 아플 수도 없는 존재라는 걸.

그 후론 조금만 몸이 이상해도 병원에 달려가는 '극성인간'으로

또 한 단계 '진화'한 나다.

#영양제_쇼핑이나_해볼까

꽃개미

삶이 참
고되구나
…

일과 육아,
시댁살이로 인한
눈칫밥까지…
지칠 대로 지친 나였다.

선생님
이것 좀 보세요!!
대상포진이 재발한
것 같아요!!

요기 빨간
거 보여요?

요기

사실 제가
요즘 마~~니
힘들었거든요!

위로받고 싶음

그 와중에 온몸엔 두드러기가 생겼고,
나는 이것이 대상포진 증상임을 확신하는데…

담당 선생님은
진료 후 조심스레
말을 이어나가셨다.

선생님 말을 듣고 생각해보니
복직 후 두 달 넘게 잠옷을 안 갈아입은 나였다.

하루 한 번
속옷 빨아 입는 것도 벅찰 정도로
바쁜 요즘이라고 변명해보지만…

부끄러움은 온전히 나의 몫.
선생님 말처럼 옷을 갈아입으니
두드러기는 싹 사라졌다.

줌마와
아재 사이

요즘 들어 나는 새삼
아줌마가 되었음을 느끼고 있는데,
그것은 비단 외모의 문제만은 아니다.

일단, 모르는 사람에게 말을 붙이는 것이
전혀 어색하지 않고, 상대방이 원하던 리액션을 하지 않아도
실망하지 않게 되었다.

딱지와 산책을 나갈 때면 목청껏 부르는 동요 메들리.
노래를 잘 못하지만 그런 건 전혀 부끄럽지 않다.

딱지를 낳은 후 진정한 줌마로
거듭나고 있는 요즘.

#회사화장실

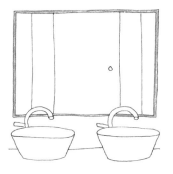

며칠 전엔 나조차도
조금 놀랐던 사건이 있었는데

회사 화장실에서 지퍼를 올리며
나오는 내 모습을 맞은편 거울로 보았을 땐,

정말이지…
스스로를 부인하고 싶었다.

#점심시간이라 #화장실에사람팡많았는데
#아주자연스럽게 #지퍼올리면서걸어나옴 #소오름
#아저씨아줌마들 #이러는거너무싫었는데
#나이제어떡하지ㅋㅋㅋㅋ

착한 사람 눈에만 보이는 옷

착한 사람
눈에만 보이는
반짝반짝
새 옷!

딸지에게 읽어준
『벌거벗은 임금님』
패러디 중

엄마가 된 후 아주 오랫동안 잊고 지낸 순수함을
다시금 마주하게 되는 순간들이 있다.

아주 오래전, 엄마 아빠가 나에게 들려주었던
순수한 이야기와 노래들…

그 오래된 이야기를 이제는
엄마 아빠가 된 우리가 딱지에게 들려주곤 하는데.

#엄마아빠 #갬성폭발

그럴 때마다 마음 깊은 곳에서
몽글몽글 피어나는 추억과 따뜻한 감정들이 너무 좋다.

·
ゐ
·

'동화 속 왕자님과 공주님'
'숲속 작은 집에 사는 작은 아이의 노래'

내 기억 속 어딘가 어렴풋이 남아 있는
어린 시절의 추억이 떠올라서일까?
딱지에게 동화책을 읽어주고 동요를 불러주다 보면
괜스레 마음이 몽글몽글해지며
감성이란 것이 대폭발하곤 한다.

아무래도 딱지를 따라
우리도 순수함을 되찾는 느낌이다.
이 또한 딱지가 엄마 아빠인 우리에게
주는 선물이 아닐까?

#이런게바로 #엄빠갬성

4장

좋은 엄마에
정답이
있을까?

미안,
나도 엄마는
처음이라

징징

징징

뭐가 맘에 안 드는지
손수건을 빨면서 하루 종일 징징징.

좋아하던 장난감도 다 싫단다.

벌써 며칠째
한밤중에 벌떡 일어나
으앙으앙.

내 얄은 인내심에
한계가 왔을 즈음.

내 눈에 보인
조그마한 자일리톨 두 개!
딱지는 이앓이 중이었던 거였다.

많이 아팠겠구나…
미안, 엄마가 몰랐어…

대견한 내 아기…
내 사랑…

그날 난 딱지에게 미안한 마음이 들어
한동안 아무 말도 할 수 없었다.

엄마 찌찌 굴욕사건

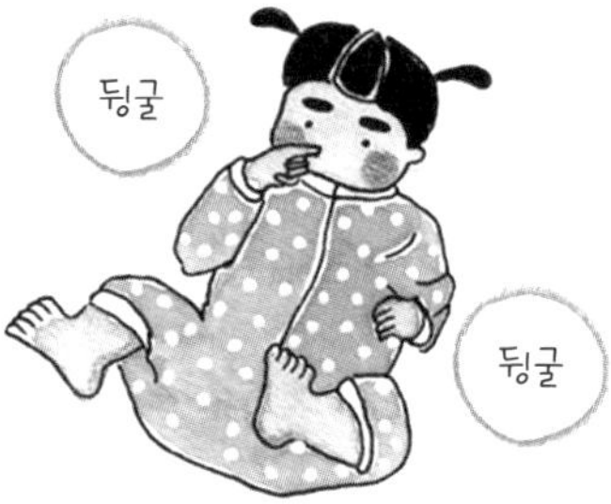

느지막이 일어나 딱지와

뒹굴뒹굴하고 있던 어느 날.

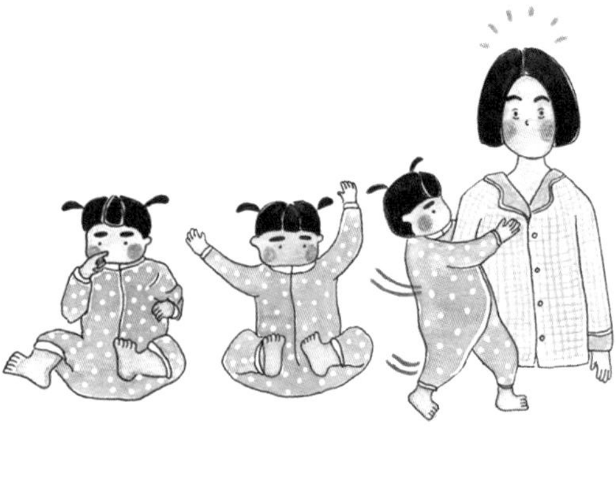

그것은 정말 순식간에 일어난 일이었다.

찌찌를 만지는 딱지가
왜 이리 귀여운지…
몽글몽글 감성에 젖어 있던
바로 그때,

딱지가 갑자기 휙 하고
등을 돌려버리는 것이 아닌가?

#자세유지중

출산 후
완전히 사라져버린
나의 찌찌.
나는 왠지 모를
굴욕감을 맛봐야 했다.

찌찌는 절벽이지만 널 사랑하는 마음은
에베레스트산만큼 높다는 사실을!

어린이집 적응 기간,
내가 적응이 안 돼

딱지를 어린이집에 보내며
1주일의 적응 기간을 갖게 되었다.

우려와는 달리 다른 아이들과
신나게 노는 딱지를 보니 안심이 되었고,

3일째부터는 엄마와 헤어지는
연습도 하게 되었다.

그런데 그날 밤,
자다 깨서 너무나 슬프게 우는
딱지를 달래느라
밤을 꼬박 새워야 했고

그리고 다음 날…

그러고 보니
딱지는 나와 헤어질 때면
딴청을 부리거나, 묘한 표정으로
가만히 나를 쳐다보곤 했는데…

아무렇지 않았던 게 아니라
나름의 방법으로
슬픔을 참았던 거라고 생각하자
나 또한 슬퍼서
견딜 수가 없었다.

> **어린이집 적응 기간**

새로운 환경에 적응할 수 있도록 엄마와 등원하여

함께 놀이도 하고, 밥도 먹고, 헤어지는 연습도 하는 기간.

차라리 울고 떼쓰면 내 마음이 덜 아팠을까?

헤어지는 순간 묘하게 나를 쳐다보던 그 눈빛,

애써 시선을 피하던 그 모습은

두고두고 잊지 못할 것만 같다.

너무나 마음 아팠던 '어린이집 적응 기간'.

어쩌면 적응 기간이라는 건 딱지보다

엄마인 나에게 더욱 필요한 시간인 것 같다.

가장
재미있는
놀이

서로의 눈을 마주치고

같은 동작으로 율동을 하고

단지 매트리스 위에서 함께 뛰는 것만으로도

쿵쿵쿵

콩콩콩

까르르 까르르

딱지에게는
함박웃음이 만들어진다.

그러고 보면 딱지를 기쁘게 하는 것은
어떤 특별한 선물이 아니라

우리가 함께하며 일상 속에서
만들어내는 새로운 놀이인 듯하다.

너와 내가 '함께'한다는 것이야말로
'가장 재미있는 놀이'일 테니까.

SNS에서 난리가 났다는 육아템도 사보고

딱지가 정말 좋아할 것 같은 예쁜 신발도 사봤다.

기뻐할 모습을 기대하면서….

하지만 막상 택배가 도착했을 때

딱지가 관심을 가진 것은 장난감도 신발도 아닌

택배 상자.

그래서 택배가 오는 날이면 딱지와 택배 상자를 두드리며

한참을 재미있게 놀곤 했다.

어쩌면 딱지에게 가장 재미있는 놀이는

값비싼 선물도, 유행하는 장난감도 아닌

우리가 함께하는 모든 순간인 것 아닐까?

내 눈빛만 봐도 까르르 웃음 짓는 딱지의 모습을 볼 때마다

엄마인 내게 허락된 이 '일상 속 기적'에 너무도 감사하게 된다.

'감사합니다. 제가 딱지의 엄마가 되게 해주셔서!'

즐거운 쇼핑몰 나들이!

평소였다면 신경 쓰지 않았을
낯선 사람들의 말이

오늘따라 왜 이렇게
아프게 느껴지는 걸까?

왠지 딱지의 침독이 내 잘못인 것만 같아서
하루 종일 속상했던 날이다.

．
．
．

딱지는 태열이 심한 아기였다.
50일 기념사진을 찍으러 사진관에 갔을 때에도
딱지를 본 직원이 했던 첫 말이
"아이고~ 아기가 태열이 심하네요"였을 정도로.
드레스를 입힐까 왕관을 씌울까 고민하며
아침부터 잔뜩 설레었던 마음이 그 말을 들은 후
왠지 모르게 살짝 가라앉았던 기억이 난다.

타인이 내 아이에게 무심하게 던지는 걱정 어린 말들은
안 그래도 잔뜩 얇아진 내 마음의 장벽을
비수처럼 뚫고 들어와 상처를 남긴다.

"신경을 안 쓰다니요!
그 누구보다 제가 가장 많이 신경 쓰고 있는걸요!"
다음번엔 꼭 이렇게 말해줄 테다.

꼬꼬댓미

딱지가 요즘 고집도 생기고
때도 부리기 시작했다.

훈육이 필요한 때인가 싶어서
최대한 진지하고 단호하게 말했다.

'처음으로 했던 훈육.
혹시 내가 너무 무섭게
한 것은 아닐까?'

시무룩한 표정의 딱지를 보며 잠시 걱정하던 그 순간.
나를 보며 갑자기 꽃미소를 날리는 딱지.

심지어…

의식의 흐름에 따라 동영상을 찍는 나…

내겐 너무 어려운

너를 혼내는 일.

아니
이렇게 이쁜데
어떻게 혼내...

심각한 거
아니면 나중에
하지 뭐
ㅎㅎ

엄마생활 17개월 차.

그리고 부쩍 떼쓰기 시작한 딱지.

오늘은 물컵을 집어던지는 딱지를 보며

진지하고 단호하게 그건 잘못된 행동이라고 말해주었다.

(이렇게 해야 한다고 육아책에 나와 있었기 때문에.)

얼떨결에 하게 된 첫 훈육.

'딱지가 무섭다고 울음을 터트리면 어쩌지?

너무 놀라 까무러치는 건 아닐까?'하는 걱정도 잠시,

"까르륵!" 꽃미소를 날리는 해맑은 모습이 너무 예뻐서

그만 같이 웃어 버렸다.

아아, 너의 사랑스런 모습에

더이상 진지하고 단호할 수가 없는,

나도 그저 평범한 엄마로구나.

훈육, 심각한 거 아니면 천천히 하자!

워킹맘의 시간

출산휴가, 육아휴직.
영원할 것만 같던 이 시간이

어느새 끝나가고 있다.

복직을 앞두고
부랴부랴 어린이집 상담도 가고
여러 고민을 해보지만

어린이집 종일반
등·하원 도우미
베이비시터
부모님께 부탁 …

심장이
찢어지는
기분이야
ㅠㅠ

아…

그 어느 것도
정답이 아닌 것 같다.

워킹맘인 나 때문에
딱지가 감당해야 할 많은 것들을 생각하면
벌써 마음이 아프다.

하루하루 지날수록
점점 더 아쉬워지는 딱지와의 시간.

같이 있을 때 좀 더 사랑해줄 걸…

결코 끝나지 않을 것만 같던 12개월의 육아휴직.

딱지와 오랜 시간을 보낼 수 없다는 아쉬움과 두려움은

복직을 6개월 남긴 시점부터 서서히 내 마음에 퍼져나갔다.

D-6개월

D-3개월

그리고 출근을 2개월 앞둔 지금의 나.

딱지는 여전히 작고, 여리고, 나의 보살핌이 필요한데….

이런 딱지를 두고 출근할 내 모습을 상상하는 건

생각보다 훨씬 괴로운 일이다.

내가 아닌 누군가와 하루를 보내며

코가 빨개져라 울고 있을 모습이 겹쳐지면

가슴 속 어딘가가 실제로 베이는 듯한 아픔마저 느껴진다.

워킹맘이 된다는 거,

생각보다 훨씬 많이 아픈 거구나.

세상에
…

딱지가 며칠째 열이 났다.

밤새 해열제를 먹이고
미온수로 몸을 닦으면서도

다음날 출근 걱정을
먼저 하는 내가 싫었다.

아침이 되고.

평소보다
더욱 칭얼대는 딱지를 떼어놓고
현관을 나서는데

앗, 지각이다!

곁에 있어주지 못하는 엄마라서,
아픈 딱지를 부탁드리는 며느리라서,

회사에선 하루 종일
집중하지 못 하는 김대리라서…

하루 종일 미안한
나는 '워킹맘'.
엄마라는 이름의 '대역죄인'.

39.6도.

딱지가 열이 심하게 났다.

3일이면 떨어질 거라고 했던 의사 선생님 말과는 달리

열은 좀처럼 잡히지 않았고, 1주일이나 고열과 전쟁을 벌였다.

며칠 연속으로 밤새 딱지를 간호하다 보니 몸도 마음도 만신창이였지만

평소보다 더욱 칭얼대는 딱지를 떼어놓고 출근길에 나서는 아침이면

미안한 마음에 어김없이 눈물이 흘렀다.

함께해주지 못하는 엄마,

아픈 아기를 맡기고 나가는 며느리,

회사에서는 연신 시계를 쳐다보며 실수를 연발하는 직원.

여기저기 온종일 미안한 마음은 온전히 내 몫이었다.

워킹맘, 일하는 엄마.

모두를 위해 선택한 이 길은

딱지가 아플 때 더욱 더 힘들게 느껴지는 것 같다.

마음속 이 죄책감은 언제쯤 보람으로 바뀔까?

오래간만에 자유 부인,
남편에게 딱지를 맡기고 친구들과
맥주 한잔하는 날.

매일 아침 잠든 딱지 몰래 나서는 출근길.
아이가 눈에 밟혀
어쩐지 마음 한구석이 불편하다.

30년이 넘도록
오로지 자신만을 위해 살아온 나인데

엄마가 된 후론 예전처럼
내 삶을 사는 것이 마음에 걸린다.
마치 딱지에게 희생하지 않는 나쁜 엄마인 것처럼
느껴져서 그런 것 같다.

엄마가 되었으니 내 모든 것을 희생해야 한다고
법으로 정해진 것도 아닌데,

최선을 다해 열심히 살고 있으면서도
내 마음은 왜 이리도 불편한 건지…

나를 지키며 산다는 것이
가장 어려운 요즘이다.

어제는 몸살이 나서 출근을 못 했다.

아픈 몸을 이끌고 딱지 등·하원을 직접 해줬는데

엄마랑 같이 간다고 어찌나 신나 보이던지.

좋아하던 그 모습이 하루 종일 눈앞에 아른거렸다.

친구들과의 만남도

매일 아침 출근도

분명 딱지를 낳기 전까지 해오던 생활인데

왜 이리도 마음이 불편한지 모르겠다.

엄마인 내가 나를 지키며 산다는 것,

요즘 들어 가장 어려운 내 마음의 숙제다.

요리는
못하지만
꽤 괜찮은
엄마

내가 만드는 음식을
딱지가 통 먹지 않아서 최근 나는 좀 우울했다.

사실 나는 요리를
정.말. 못한다.

딱지의 맘마 거부로 시작된 우울의 감정은
도화선이 되어 내 마음
이곳저곳으로 마구 번져나갔다.

그런 내게 남편이 말했다.

밥은 사 먹이고 내가 잘하는 걸 해주라고.

해줄 수 없는 것에 대한
실망과 미안함보다는

내가 가장 잘할 수 있는 방법으로
딱지에게 즐거움을 줄 수 있다고 생각하니

어쩌면 내가 꽤 괜찮은 엄마일지도
모른다는 생각이 들었다.

좋은 엄마에
정답은 없는 거니깐.
:D

내가 해줄 수 없는 것 보다
잘할 수 있는 것에 집중하는
행복한 엄마가 되기로 했다.

5장

엄마인
저도
소중합니다

엄마의
워라밸

사실 난 육아휴직을 하던 1년의 세월을
꽤 즐겁게 보냈다.

육아는 고도의
체력 소모를 필요로 하기에
시도 때도 없이 잠을 자도
피로가 풀리지 않았다.

육체의 피로는 곧
정신적 피곤함으로 이어졌고,

나는 잠을 좀 포기하더라도
딱지의 낮잠 시간을 온전히 나만을 위한
자유 시간으로 활용하기로 했다.

평소 관심 있던 손바느질을 배우고,
식물을 키우면서 블로그도 운영했다.

때로는 손그림을 그리며 즐거움을 찾았더니,
어떤 부분에선 내 인생이 발전하는 느낌마저 들었다.

딱지의 낮잠 시간은
나에게 취미를 즐기는 시간이 되었고,
육아로 인한 소진과 나를 위한 재충전의 사이클 속에
하루하루가 즐겁게 느껴졌다.

직장인에게만 해당되는 것 같았던 '워라밸'은
사실 엄마인 나에게 가장 필요한 것이었다.

여기서 질문 하나!
"그럼 밀린 집안일은 어쩌죠?"

그건 남편 몫! :D

요즘 직장인들 사이에 유행어가 된 '워라밸'.

일(Work)과 삶(Life)의 균형을 맞추면 행복해진다는 당연한 원리다.

그런데 이 워라밸이야말로 아이를 키우는 엄마들에게

정말 필요한 것이라는 생각이 든다.

그 흔한 친정 찬스 한번 없이 '나 홀로 독박육아'를

해야 했던 1년의 육아휴직 기간.

그 시간이 나에겐 행복했던 추억으로 기억되는 이유는

틈틈이 나만의 취미를 즐겼기 때문이다.

결국, 엄마에게 필요한 워라밸은 이런 게 아닐까?

(워) 육아는 최선을 다해!

(라) 하루 단 한 시간이라도 나만의 시간을 보내자!

(밸) 그렇게 밸런스를 맞추면 육아가 조금 더 행복해지지 않을까?

딱지가 좋아?
내가 좋아?

육퇴 후 TV를 보다가 무심코 던진 말.

유치한 질문이지만
내가 기대했던 반응은

이런 거…

하지만 남편의 대답은 내 예상을 벗어났으니…
나는 그 이유가 궁금해졌다.

그 이유는 꽤나
심플했는데

잠시나마 말을 이을 수
없었던 건 왜일까.

부글부글…
반박할 수는 없지만 인정하기도 싫다!

홍삼의 힘으로
부탁해!

매일 아침 출근 준비할 때면
늘 식탁 위에 있던 홍삼 껍데기.

평소보다
일찍 일어났던 어느 날…
나는 충격적인 장면을
목격하고 말았다….

시댁살이도 힘든데
먹을 걸로 차별받으니 넘나 서러운 것!

나는 나만의 방법으로
복수를 결심했다.

좀 유치하지만…

왠지 모를 쾌감마저

느껴지는 건 왜일까? ㅎㅎ

때론 둘만의
시간도
필요해

친구의 결혼식이 있어 대구에 가게 되었다.
컨디션이 좋지 않은 딱지는 부모님께 맡겨둔 채…

참 오랜만인 남편과 나, 우리 둘만의 시간.
처음 느끼던 어색함도 잠시,

우리는 유모차를 끌던 손으로
서로의 손을 잡았고

줄곧 딱지를 향하던 두 눈으로
서로를 바라보았다.

생각해보면 요즘의 난 육아가 힘들다는 이유로
남편에게 짜증만 냈었는데…

딸지를 돌봐야 한다는 책임감에서 잠시 벗어나니
다시 남편이 보이기 시작했다.

엄마 아빠로서의 우리가 아닌

사랑하는 두 사람으로,

아주 가끔은 둘만의 시간도 필요하구나!

．
∘
．

4년의 연애, 그리고 4년의 결혼생활.

한결같이 알콩달콩 서로만 바라보던 우리였는데

딱지가 태어난 후론 온 신경을 딱지에게 쏟아서일까?

피곤하고 예민할 때면 사소한 것으로 다투는 날도 종종 생겼다.

그러던 중 우연히 단둘이 보내게 된 1박 2일.

엄마라는 역할에서 잠시 벗어나니 남편이 보이기 시작했다.

마치 예전처럼 말이다.

남편의 얼굴을 가만히 들여다보니

'그동안 나는 왜 나만 힘들다고 생각하고 불평했던 걸까?

우린 언제나 함께였는데…'라는 생각에

살짝 미안한 마음이 들었다.

딱지에 대한 사랑도 물론 중요하지만

어쩌면 그보다 더 선행되어야 할 건,

서로를 아끼는 우리 부부의 마음이 아닐까 싶다.

육아에서 해방되는 시기는?

육아를 하다 보면 이따금씩 예전에 누리던
자유와 편안함이 그리울 때가 있다.

'정말로 2년쯤 지나면
괜찮아질까?' 궁금했다.
하지만 네 살짜리 딸을 키우는
친구를 보니 딱히 나보다
편해 보이지 않는다.

#총무팀선배
#초4딸맘
#녹색어머니회_프로불참러

그럼 초등학교에 가면 좀 편해지나 했더니…
학부모가 되면 엄마는 더 빡세진다고 한다.

고등학생이 되면 거의 다 컸으니
나에게도 다시 자유가
생기려나 싶었지만…

#홍보팀선배
#고딩맘
#학부모모임에_끼고싶음

더 이상 내게 예전과 같은
자유로운 삶은 없을 거란 생각에 포기하려던 찰나,
나는 뜻밖의 사람에게서 해답을 찾게 되는데…

옆집 아주머니는 내가 만난 사람 중 유일하게
내가 원하는 답을 줄 것만 같았다.

그렇다.

60살쯤 되면 육아에서 온전히 벗어나

또 다른 재미가 시작되는 것이었다!

- 보고 싶은 드라마 보기
- 하루를 마감하는 시원한 맥주 한잔
- 때론 훌쩍 떠나 특별한 여행지에서 추억 쌓기

딱지와 함께하는 시간이 너무나 행복하지만 가끔
예전의 자유와 편안함이 그리워지는 순간이 있다.
그런데 주변에선 아이가 크면 클수록
더욱 힘들어질 거라고만 한다.

이제 자유는 끝인 것만 같아 마냥 심란해지던 어느 날,
"인생 60부터야!"라는 옆집 아주머니의 한마디가
내 가슴에 날아와 콕 하고 박혔다.

그날 이후 인생의 후반부엔 또 다른 빅재미가 펼쳐질 것 같아
갑자기 60살 이후를 기대하기 시작한 초단순한 나다.

잔소리 왕

우리 시어머니는 잔소리 왕이시다.

집안은 항상 깔끔하게 정돈되어 있는데
조그마한 얼룩도 허용하지 않으셨다.

그래서 나는 가급적 냉장고를
열지 않기 위해 노력했다.

하루는 어머님이 딱지를 돌보느라 힘드셨는지
퇴근하고 돌아온 나에게 마구 화를 내셨다.

어찌나 서운하던지…

이곳에서의 나는 며느리, 딱지 엄마, 아들의 와이프
그 이상도 이하도 아닌 것 같았다.

그날 이후 나는 집에서
절대 밥을 먹지 않겠다고 다짐했다.

그렇게 나는 단식을 하며
시어머니께 항의 시위를 해나가는데…

·
∘
·

복직을 하면서

주중에는 시댁에서 지내고 있는 나.

우연히 알게 된 어머님의 속마음에

서운함을 느껴버렸다.

'나도 일하고 돌아오면 피곤한 건 마찬가지인데…'

낮동안 딱지를 돌보시느라 고단하셨을

어머님의 마음까지 헤아리기엔

아직 턱없이 부족하고 쪼잔한 나다.

가출할 마음은 아니었건만

셤니와의 불편한 상황이 지속되던 중
엎친 데 덮친 격으로 남편과 다투게 되었다.

남편과의 싸움으로 분노가 폭발한 나는
급기야 짐을 싸서 집을 나오는 액션을 펼치게 되는데…

바로 그때였다.
누군가 내 손목을 덥석 잡았으니…
다름 아닌 시어머니셨고

딱지를 두고 가라는 말에
이번엔 진짜로 서운함을 느낀 나…

나는 그만 딱지를 안고
진짜로 뛰쳐나오고 말았다.

이렇게 시댁생활 두 달 만에
막장 드라마까지 찍으면서

어머님과 나,
우리는 결코 회복 불가능한 강을
건넌 것만 같았는데…

김밥

출근해야 해서
가출 4일 만에 귀가함

나는 과연 가족의 도움 없이
워킹맘의 생활을 지속할 수 있을까?

안절
부절

그날은 여느 때와 다르지 않은
그저 평범한 퇴근길이었다.

집에 거의 다 왔는데 갑자기 배가 아파
죽을 것 같은 것만 빼면…

참아보려 안간힘을 썼지만
아파트 정문에 들어서자마자 나는
그만 주저앉고 마는데…

그 어디에도 도움을 청할 곳이 없었다.

하는 수 없이 나는 냉전 중이던 시어머니께
연락할 수밖에 없었다.

그날 시어머니는 (옷에 똥 쌀뻔한)
내 인생을 통째로 구원하셨다.

나는 어머님 덕분에 화장실로 논스톱 직행에 성공,

가까스로 위기에서 벗어날 수 있었는데…

한바탕 일을 치르고 나니

너무나 배가 고픈 것이었다.

그날의 저녁밥은
왠지 모르게 평소보다 더욱
맛있게 느껴졌고…

나를 걱정해주시는 어머님을 보며
'어머님과 나, 어쩌면 가족이 될 수도 있지 않을까?' 하는
생각이 들었다.

가출 5일 만에 돌아온 시댁.

시어머니와 나는 한동안 회복할 수 없을 것처럼

불편한 시간을 보내고 있었다.

그러던 어느 날, 퇴근길에 갑자기 찾아온 배탈 증세.

식은땀은 쏟아지고, 당장이라도 설사가 쏟아질 듯 뱃속이 요동쳤다.

일촉즉발의 급박한 상황에서 시어머니의 도움을 받았고,

남편에게까지 비밀을 지켜주신 어머님의 의리는

굳게 닫혀 있던 내 마음의 문을 열기에 충분했다.

그날 어머님이 차려주신 소박한 저녁밥을 먹으며 생각했다.

'어쩌면 마음의 문을 열지 못했던 건

어머님이 아니라 내가 아니었을까?'

고부 사이에서
육아 동지로

똥 사건
다음날 아침

나는 이것이 어머님이 보내시는
화해의 신호라는 걸 알 수 있었다.

나를 챙겨주시는 어머님의 행동에
약간은 당황했던 나…

하지만 그 당황스러움은
금세 깨방정으로 바뀌었고,

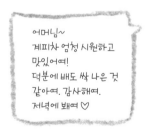

어머님께 약간은 오버해서
카톡도 보내보고…

회사에 가서 동료들에게
자랑도 해보았다.

마음의 문이 열리고 나니 신기하게도
그간의 서운함이 싹 사라졌다.

평범한 고부 사이에서
육아 메이트로 함께하게 된 우리.
서로에게 가까워지기 위한 시간이 필요했던 것 같다.

지금은 내 워킹 + 육아 + 그림일기 라이프의
든든한 지원군이신 울 어머님.
제가 죄송했어요! 감사하고 사랑해요. 엄마 :)

영원히
애인이고
싶은 나

퇴근길에 남편과 만나
오래간만에 저녁을 함께하기로 했다.

접시에 음식을 담고 있는데
남편이 살며시 다가오며 말했다.

266

그러자 참 신기하게도
내 심장이 빠르게 요동치는 것이었다!

아주 가끔씩은
연애 때의 설렘이
그리웠는데,

남편의 달달한 한마디에 메말랐던 내 마음은
다시금 사랑의 감정을 느꼈고

한편으론 안심도 되는
그런 기분마저 들었다.

뜨거웠던 연애, 달콤했던 신혼,

가슴 벅찬 임신과 출산을 거쳐 바야흐로 우리는

육아의 계절을 함께 보내고 있다.

나만큼이나 초췌한 모습의 남편을 보면

'사랑'보다는 '동지애', '의리' 같은 단어가 떠올랐고

이따금씩 연애시절이 그립기도 했다.

'우리에게 더 이상 설레임은 없는 걸까.'

오늘 남편의 립서비스에

가슴이 콩닥콩닥 뛰기 전까지 내 마음이 그랬다.

엄마 아빠가 된 우리이지만,

애틋한 사랑만큼 분명 의리도 자리 잡았지만,

남편에게만큼은 언제까지나

딱지 엄마도 가족도 아닌 애인이고 싶다.

둘째, 필수일까 선택일까

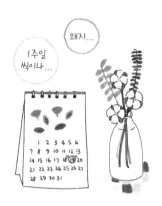

생리 예정일이 무려 1주일이나 지났는데
아직 소식이 없다.

그러고 보니 요 며칠 속이 메스껍고
먹어도 먹어도 배가 고팠는데

익숙한 이러한 신호들이
반갑기는커녕 불안하게 느껴졌고

급기야는 남편이 미워지기도 했다.

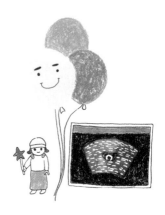

아무것도 몰랐던 첫 번째 임신은
내게 그저 크나큰 설렘과
무한의 기쁨이었다.

하지만 출산과 육아를 경험해본
나에게 '둘째'란

얻을 수 있는 행복보다는
포기하게 될 것들을
먼저 생각하게 만드는 것이었다.

．
．
．

요즘 주변에서 둘째 소식이 종종 들리기도 하고
"둘째는 언제 낳을 계획이야?"라고 물어보는 사람도 많다.
세 자매 사이에서 복작대며 성장한 나는
형제가 주는 안정감이 무엇인지 잘 알고 있다.

하지만 그와 동시에 늘 바쁘고
치열하게 사셨던 부모님의 모습과
단 한 번도 온전한 내 것을 가져보지 못해
속상했던 순간들도 기억한다.
그래서인지 "아이를 위해서는 둘째가 필수지!"라고
말하는 사람들에게
나는 늘 "어째서?"라고 반문하곤 했다.

최근 임신 증상이라 착각할 정도도 몸의 변화를 겪으며
기쁘기보다는 내내 불안하고 초조했던 나는
이러한 내 의문에 확신을 더하게 되었다.

아직도 생생한 열다섯 시간 출산의 고통,

출산 이후 어딘가 삐거덕대는 몸 (결국 못 뺀 7킬로!!!)

복직 후 8개월이 지난 지금에서야

겨우 적응해 보람을 찾아가고 있는

현재의 내 생활까지….

많은 고민 끝에 내가 내린 결론은

'외동 확정, 땅땅땅!'

아이에게 필요해서가 아니라

"엄마인 내가 과연 행복할 수 있을까?"라는

근본적인 물음을 통해 얻은 나만의 해답이다.

아이도 소중하지만, 엄마인 나도 소중하니까! :D

완벽하지
않아도
괜찮아

20대의 나는
다니던 직장을 그만두고
가진 돈 털어 대학원에 갈만큼
원대한 포부가 있었고

30대에 들어서는 늦게까지
야근을 하고도 성에 안 차
밤새 기획안을 고치는 열정도 있었다.

엄마가 된 후로도
내 인생의 우선순위는
크게 바뀌지 않을 줄 알았는데

'엄마'인 내 삶에 가장 중요한 것은
원대한 포부도 열정도 아닌,
'일상의 균형'을 맞추는 일이고
그건 생각보다 매우 힘든 일이었다.

정시 퇴근한다는 이유로
상사에게 찍히고.

괜한 미안함에 야근하는 후배들의
눈치를 보게 되는 날도 있다.

비록 회사에서 김대리의 역할도
그렇다고 집에서 엄마의 역할도
모두 완벽하게 해내고 있지는 않지만

오늘만큼은 아쉬움이나 부족함 대신
올 한해 잘한 점을 떠올리며 스스로를 칭찬해보고 싶다.

.
°
°
.

오늘은 올해의 마지막 날이다.

올해 3월 육아휴직이 끝나고 복직을 했지만

엄마가 되기 전처럼 '열정의 그녀'는 아니었다고 고백해본다.

엄마로서, 내 자신으로서의 균형을 맞추는 데만 집중했던 나.

비록 회사에서도 엄마로서도 아내로서도

완벽하지 못한 나였지만

오늘만큼은 잘한 점만 떠올리며

나 자신을 마음껏 칭찬하고 싶다.

다가올 새해엔

균형 잡힌 일상 속에서

엄마로, 나 자신으로 조금 더 성장하길 바래보면서….

'꽃개미, 올 한해 너 정말 수고 많았어!

참 잘했어요. 짝짝짝!'

이 책이 시작된 건 지금으로부터 1년 반 전이었습니다. 유모차를 끌고 아파트 단지를 산책하는 도중 구석에서 어미 없이 울고 있는 길고양이 새끼들이 마음에 걸려 결국 집에 들어가 우유를 들고 다시 나왔죠.

"애들아, 엄마는 어딜 갔니? 걱정 말고 맘껏 먹어."

저도 모르게 같은 엄마의 마음으로 길냥이들을 대하고 진심으로 말을 건네는 제 모습이 너무 낯설게 느껴졌던 바로 그날, 저의 이야기가 시작되었어요.

그날부터 전 아기가 낮잠을 자면 식탁에 앉아 일상을 기록했어요. 엄마가 되고 보니 예전엔 느끼지 못했던 것들이 정말 많았습니다. 항상 아이와 함께였지만, 이유 없는 외로움에 눈물을 흘리기도 했고, 아무것도 아닌 평범한 일상 속에서 소소한 재미와 감동을 느끼기도 했어요.

하루를 온전히 아기와 단둘이 보내는 건 생각보다 고강도의 감정노동이었어요. 그런데 그림일기를 그리면서 육아를 하는 저의 하루가 즐거워지기 시작했어요. 나를 위한 취미를 즐길 수 있었으니까요. 친구들은 아기가 태어나면 온종일 남편만 기다리게 될 거라고 했는데 저는 아니었어요.

SNS에 그림일기를 올리면서부터 저의 이야기를 보며 함께 울고 웃어주시는 분들의 댓글에 힘이 났어요. 덕분에 매일매일 즐겁고 행복했습니다.

이 책에 담긴 평범한 저의 경험들이 여러분에게 엄마로서의 행복을 찾는 데 도움이 되었으면 좋겠습니다. 그리고 한 가지 바람을 보탠다면, '엄마'가 되신 분뿐만 아니라 아빠도, 언젠가 부모가 될 여러분도 이 책을 읽고 앞으로 다가올 시간을 상상하며 한 번쯤 '피식'하고 웃음 지을 수 있으면 좋겠습니다.

Special Thanks to,

이 한 권의 책이 세상에 나오기까지 참 많은 도움을 받았습니다.

우선 식탁에서 써 내려간 소박한 그림일기를 특별하게 봐주시고 이렇게 멋진 한 권의 책으로 만들어 주신 가나출판사 이정순 팀장님, 집안일에 1도 도움이 안 되는 왈가닥 며느리를 넓은 마음으로 품어주시며 '사랑'이 뭔지 몸소 보여주시는 시부모님께 깊은 감사를 드립니다.

특히 엄마가 된 기쁨을 알게 해주고 이 이야기의 시작과 끝을 있게 해준 보석 같은 딸 서하와, 엄마인 내가 나답게 사는 것을 누구보다 지지해주고 응원해준 남편 이병태님께 무한한 감사와 사랑을 전합니다. 남편은 내게 인생이라는 머나먼 항해의 두려움을 없애준, 평온한 푸른 바다와 같은 존재입니다. 그의 도움이 없었다면 결코 이 책을 완성할 수 없었을 것입니다.

마지막으로 항상 저의 글과 그림을 좋아하고 공감해주신 독자님들께 감사의 인사를 전하고 싶습니다. 이 책이 있는 곳이 어디든 마법과 같은 행복이 가득하기를 바랍니다.

엄마가 되었지만,
저도 소중합니다

초판 1쇄 발행 2019년 5월 17일
초판 4쇄 발행 2022년 6월 24일

글·그림 꽃개미

펴낸이 김남전
편집장 유다형 | 기획·책임편집 이경은 | 디자인 양란희
마케팅 정상원 한웅 정용민 김건우 | 경영관리 임종열 김다운

펴낸곳 ㈜가나문화콘텐츠 | 출판 등록 2002년 2월 15일 제10-2308호
주소 경기도 고양시 덕양구 호원길 3-2
전화 02-717-5494(편집부) 02-332-7755(관리부) | 팩스 02-324-9944
홈페이지 ganapub.com | 포스트 post.naver.com/ganapub1
페이스북 facebook.com/ganapub1 | 인스타그램 instagram.com/ganapub1

ISBN 978-89-5736-250-1 03810

가나출판사는 당신의 소중한 투고 원고를 기다립니다. 책 출간에 대한 기획이나 원고가 있으신 분은 이메일
ganapub@naver.com으로 보내 주세요.